Lena Hoff

Ausgewählte Gedichte

Lena Hoff

Dorfidylle

Für Musestunden

Autor: Lena, Hoff
Umschlaggestaltung, Illustration: Vorname, Name oder Institution

Verlag: tredition GmbH, Hamburg
ISBN:
978-3-7439-3955-4   Paperback
978-3-7439-3956-1   Hardcover
978-3-7439-3957-8   e-Book
Printed in Germany

Inhaltsverzeichnis

Ein Dörflein in der Heide

Ein Dörflein in der Heide,
vom Zauber je umhüllt,
bot uns im Frühlingskleide
das schönste Märchenbild.

Da schneit´ es Apfelblüten
ringsum die Gärten dicht;
ein Mädchenherz zu hüten
fiel schwerer ins Gewicht.

Der Wein, die Kletterrosen
umrankten Haus und Dach;
beim Küssen und beim Kosen
ging man dem Scherzen nach.

Und wenn die Abendsonne
entschwand am Firmament,
war noch voll Lust und Wonne,
der Tag, und fand kein End.

Dann legte sich die Stille
sanft über Hof und Haus;
es zirpte noch die Grille,
und Licht um Licht ging aus.

Nun scheint der Mond ins Zimmer,
drin schlief mal ich und du;
für uns schließt bald für immer
ein Dorf die Augen zu.

Heimat

Es blüht noch heut der weiße Flieder,
es zieht noch heut die Schwalbe hin;
und Rosen blühen immer wieder,
am Strauch blüht duftend der Jasmin.

Doch geht ein Hauch von Wehmut drüber,
um alles Schöne, uns vertraut;
dem Auge quillt die Träne über,
wenn durch das Herz Erinn'rung schaut.

Es fliehn vorüber all die Jahre,
die stets von Freud und Leid geprägt,
wo man die Botschaft zum Altare
ins Gotteshaus hat hingelegt.

Umfängt dich auch jetzt bange Stille
als eine nie gekannte Last,
so war es doch des Höchsten Wille,
dass du sie einst verlassen hast.

Die Heimat, die du so geliebet,
wo deine Jugend du verbracht;
sie lebt, weil wir in Treu geübet,
im allerhellsten Stern der Nacht.

Der Birnbaum

Der Birnbaum vor der Sommerküche
das ist die helle Freud!
Denn seine Birnen leuchten auf
noch in der Dunkelheit.
Sie hängen büschelweise runter
aus dichtem Blattgeäst
und ihre Wangen werden bunter,
wenn man sie reifen lässt.
Dann munden sie so honigsüß
wie köstlich Nascherei.
Zum Nachtisch holt man sich geschwind
ein Körbchen voll herbei -
und pflückt ein zweites, bis es voll.
Da weht ein kecker Wind wie toll! -
schon sausen sie ins Grün zum Firnen,
die schlanken, gelben Zuckerbirnen.
Und rinnt nicht da ein Tränlein nieder,
mir träumt mal von der Heimat wieder!

Dorfidylle

Banat hält die innere Stimme
uns wach,
wir hangen vergangener Zeiten
noch nach.
So wie eine Rose, die welkt
im Verblühn,
noch weinet dem Frühling
und scheidet dahin.
Drum schweifen wir öfter mal
gerne zurück,
erleben im Traum
das vermeintliche Glück.
Und trügte und blendete letztlich
der Schein;
er schloss die Idylle des Dorfes
mit ein.
Trotz höllischer Tiefen, trotz
schwankender Höhn
war ´s Leben am Dorfe harmonisch
und schön.

´s Gassentürchen

Oftmals saßen wir beisammen
auf den Treppen vor dem Haus
im verschwiegnen Gassentürchen,
Kinder sprangen ein und aus.

Da gabs vieles zu erzählen
bis zur späten Abendstund,
ja da scherzten wir und lachten,
manch Geheimnis tat sich kund.

Weiße Trauben von Akazien
säumten Straßen weit und breit,
und es kamen noch herüber
liebe, nette Nachbarsleut.

Plötzlich hielt man einfach inne
von der Brise süßer Luft;
hinter Busch und Rosenhecke
blühte schon der Abendduft.

Als des Mondes bleiche Sichel
durch die hohen Wipfel schien,
hieß es: Gute Nacht! – und leise
durft´ der müde Tag entfliehn.

Ein Sonntagmorgen

Ich weiß ein Plätzchen auf dem Land,
umsäumt von Wiesenflor;
die Häuser immer frisch getüncht,
der Kirchturm ragt empor.

Sonnabends oder Sonntagfrüh
wird frisch die Gass´ gekehrt.
Ein Sonntag und ein Feiertag
man mit dem Kirchgang ehrt.

Da füllt ein Schweigen andachtsvoll
die Luft, hält Sorgen fern.
Die Arbeit ruht heut einmal aus:
dies ist der Tag des Herrn.

Vom Zauber jener Kraft gestärkt,
was heilig ist und war,
trittst du gelöst den Heimgang an,
du bracht´st ein Opfer dar.

Dann duftet in der Küche schon,
was recht beliebt und leibt;
lädst du mal einen Gast dir ein,
er kommt nicht nur, er bleibt!

Bauernhymne

Kornblumen blühn am Wegrand
in lieblichem Azur.
Rot glüht der Mohn,
noch liegt er betaut in weiter Flur.
Frühe zu schaffen,
draußen im Freien tief im Hain:
Es ist das schönste auf dieser Welt,
Landwirt zu sein.
Mit anzusehn,
wie´s Körnlein mit Liebe ward gesät,
Pflanze, die ragt zum Himmel empor
voll Majestät.
Und wenns ein gutes Jahr wird,
sind alle reich belohnt.
Fruchtbare Erde,
bleibe auf ewig du verschont!

Die Schwalbe

Welch ein geschäftig Treiben,
seh´ ich der Schwalbe nach.
Sie nennt ein Haus ihr eigen,
am Balken unterm Dach.

Wo ist denn ihre Heimat -
den Süden peilt sie an!
Mit ihr zieht auch mein Sehnen
zurück auf gleicher Bahn.

Ich hab der Heimat zweie
wie unser Schwalbenpaar -
und bin genau so treue,
im Herzen, das ist klar.

Nur sie fliegt hin wo´s wärmer,
das ist ja allbekannt.
Doch scheint für mich die Sonne
noch mal im alten Land?

Pferdestehlen

Goldne Ähren, blauer Himmel -
und das endlos weite Land.
Wo du schaust nur fleiß´ge Menschen,
vorwärts strebend und gewandt.

Und die Herzen stehn in Flammen
wie der purpurrote Mohn.
Um der Leidenschaft zu frönen
netzt der Schweiß die Stirne schon.

Tüchtig wie der Heidebauer,
der in aller Frühe schafft,
zieht auch mit sein alter Schimmel
mit geballter Pferdekraft.

Und die beiden unzertrennlich,
wie´s nur Liebenden gemein.
Ein Versprechen hegt die Liebe:
„Pferdestehlen" muss es sein!

Der alte Weidenbaum

Der alte Weidenbaum dort
unten an der Straße
erzählt ein Lied
aus unsrer Zeit.
Wir saßen oft als Kind
um seinen Stamm im Grase,
das ist schon lange her,
das liegt schon weit.
Der alte Weidenbaum,
wo´s muntre Bächlein rauscht,
hat meinem Kindertraun
so liebend gern gelauscht.

Der Frühling zog ins Land
mit Sonnenschein und Liedern,
und Kinderjubel ringsumher.
Trotz der Bedrängnis kehrte
oft die Freude wieder -
und immer hör´ ich was
von Wiederkehr.

Der alte Weidenbaum,
wo´s muntre Bächlein rauscht,
hat meinem Kindertraum
so liebend gern gelauscht.

Vergebung

Im brausenden Sturmwind,
im Aufschrei des Lichts
sahst du sie entschwinden
ins Niemals und Nichts.

Erlag ihren Schmerzen,
den Wunden der Zeit;
im Leide zu schweigen
fand sie sich bereit.

Die Wellen des Schicksals,
sie rollten heran,
der herzzerreißende
Abschied begann.

Die Heimat stand endlich
im Zweifel uns bei,
entließ uns der Fittiche
aufwärts und frei.

Und wie eine Mutter
im Sterben noch liebt,
ereilt uns ihr Segen,
weil sie stets vergibt.

Heimatliebe

Einmal noch die Heimat sehn,
altvertraute Wege gehn.
Auf des Friedhofs stillem Gang
lauschen hin dem Glockenklang.
Blick hinauf zum Himmelszelt:
Alle Sterne dieser Welt
leuchten tausendmal so schön,
immer dann, beim Wiedersehn.
Sie verblassen, wenn du gehst:
„Heimatliebe" – du verstehst!

Komm hinaus ins Freie

Komm hinaus ins Freie,
atme tief und leicht;
alles Grau der Tage
jedem Frühling weicht.
Staune seinem Wirken!
Was Verwandlung schafft
liegt dem Rhythmus inne,
seiner Zauberkraft.
Strahlt, als ob er wüsste,
was dein Herz bewegt,
wie es freudesehnend
in der Brust sich regt.
Jede Vogelstimme,
jeder Knospentrieb
lässt ihn neu verkünden:
Mensch, ich hab dich lieb!

Frühlingssonne

Wie befangen noch die Seele
von des Winters Dämmerschein;
dass sie es auch nicht verhehle,
bald schon zieht die Freude ein.

Wenn der Wolkenkranz verschwommen
bei dem ersten Blick empor,
du den Lerchensang vernommen
im verzweigten Blütenflor.

Wenn das Sonnenlicht sich leget
über Wiese, Fels und Au -
schlafestrunken leicht sich reget
zartes Grün im Morgentau.

Neues Leben, Lust und Liebe
nur erhellen dir den Tag;
sanft entschwindet alles Trübe,
eines Herzens dumpfer Schlag.

Nur noch himmelblaue Wonne
mit Begeisterung im Spiel,
das schafft wohl die Frühlingssonne:
uns erheitern bleibt ihr Ziel!

Der Morgen des Tages

Der Morgen des Tages
verspricht uns recht viel,
die strahlende Sonne
verfehlt nicht ihr Ziel.
Auch Blumen und Menschen,
sie blühen jetzt auf
und wollen beglücken
im Tageslauf.

Am Mittag ein Stündchen
im Wald sein zu Gast,
in wohliger Kühle,
mit zwischendurch Rast.
Die Lichtung wirft
Bilder in Schattengestalt,
die murmelnde Quelle
hat Zaubergewalt.

Der Abend, er segnet,
was segnen er mag -
mit Sternengefunkel
den friedlichen Tag.
Und träumend erfasst
noch mein Herz seinen Sinn:
bewusst ihn erleben
ist ein Gewinn.

Lass Blumen sprechen

Blumen sind Boten der Liebe,
sagen, ich habe dich gern;
und was ich für dich empfinde,
bist du auch nah oder fern.

Ewig noch währet der Zauber,
Schönheit in all ihrer Pracht;
wenn in der Tiefe des Herzens
schlummernde Liebe erwacht.

Sage es schlicht durch die Blume,
was denn dein Herze begehrt;
Liebe blüht heimlich am schönsten,
hat mich die Vorsicht gelehrt.

Blumen sind Zeichen der Liebe,
eilen der Botschaft voraus;
was ich für dich empfinde
sagt dir mein Blumenstrauß.

Die Sonne

Die Sonne hielt sich lang versteckt,
sie pocht auf ihre Ehr´:
„Wer strahlen will an meiner Seit´,
muss zeigen etwas her!“
Da schmückt der Frühling
Baum und Strauch
und auch die Blumenflur.
Die Welt - ein Saal von Rosenduft,
ein Blütenteppich nur.
Und alles tanzt den Frühlingstanz,
wie es schon immer war.
Der Sonne Glück, es funkt zurück,
und golden glänzt das Haar.

Ahnung

Die Hitze drückt mich nieder
am Sonntagnachmittag,
und meine müden Lider
gehn blinzelnd Schlag auf Schlag.

Hell blinkt ein Streifenlichtchen
durch offner Türe Spalt;
ein rötlich Blattgesichtchen
macht vor dem Sofa halt.

Wie angenehm und stille,
nur leis die Wanduhr schlägt;
die Zeit in ihrer Fülle
sich nie zur Ruhe legt.

Und meine wachen Träume,
sie ahnen, was geschieht;
der Herbst zieht durch die Räume,
wohlan, der Sommer flieht.

Der Sturmwind ungebeten,
er schaufelt schon am Grab
und wirft wie hohnbetreten
den Blütentraum hinab.

Die vier Jahreszeiten

Der Frühling ist ein Jugendtraum,
voll Übermut verrückt.

Der Sommer gibt dem Leben Raum,
mit Turbulenz gespickt.

Der Herbst kann wirklich schöner sein,
die Hitze weicht vor Ort.

Der Winter kommt mit trübem Schein,
er braucht ein liebes Wort.

Im Herbst

Im Herbst, da fallen die Blätter,
da fallen Kastanien zuhauf;
sie fallen bei Wind und bei Wetter
und knallen und platzen dann auf.

Im Herbst, da steigen die Drachen,
ein Schauspiel auf Wiese und Feld,
da muss auch dein Aug´ drüber wachen,
dass es nicht ins Wasser dir fällt.

Im Herbst, da feiern wir Feste,
da schießt uns der Wein aus dem Fass;
bei Fröhlichkeit singen die Gäste
und haben daran ihren Spaß.

Im Herbst, da sagen wir danke
für diese erlesene Zeit;
der Glühwein im Becher, der blanke,
macht uns für die Stürme gefeit.

Röslein an der Gartenmauer

Röslein an der Gartenmauer
kletterte die Wand empor,
als ein Windstoß, ein recht schlauer,
machte weiter auf das Tor.

Und da sah´s die holden Brüder,
fühlte fröhlich sich und frei,
gleichwohl hielt man Zweige nieder,
dass es bald gerettet sei.

Lange auf der Schattenseite,
drängt die Sehnsucht an das Licht,
und nun rankt es in die Weite,
scheuet keinen Durchblick nicht.

Seitdem rosa Blätter sinken
über die vorhandne Kluft,
kann mein Herz nur Wonne trinken
mit dem süßen Rosenduft.

Einmal, wenn die Knospen sprießen
reich hindurch die Jahreszeit,
darfst auch du den Rausch genießen;
aber noch ist´s nicht so weit.

Ich lobe mir den ruhigen Arbeitstag

Ich lobe mir den ruhigen Arbeitstag
als Gottes reichsten Segen,
wo Menschen was bewegen.
Mit Herz und Hand und mit Verstand
betreten unerschlossnes Land,
dem Schicksal überlegen.

Ich wünsch mir für die Zukunft
einer Seele forschen Blick.
Entschlossen sein und Wagen
und Bescheidenheit fürs Glück.
Wo man im Kleinen Größe zeigt
und auch die Fehler nicht verschweigt.
Wo Ehrlichkeit nicht untergeht
und wo der Mut zur Wahrheit steht
im schwierigen Entscheiden.
Dass uns zu unsrem Zeitvertreib
noch ein Geheimnis bleibt.

Hast du des Lebens Sinn so recht erfasst,
hast du´s nicht längst erfahren,
siehst du den Weg, den klaren:
Er liegt nicht nur im Müßiggang,
er liegt in Liebe, Tat und Dank,
auch noch nach tausend Jahren.

So viele Jahre, wir denken zurück :
„Das Ringen der Menschen
nach Liebe und Glück.“
Wer zog dabei immer das bessere Los:
Mit Friede im Herzen
wird jedermann groß!

Kennst du jene zarte Weise

Kennst du jene zarte Weise,
die das Leben schreibt,
täglich wird sie neu geboren,
die auf ewig bleibt.
Spricht vom Frühling dieses Lebens
und der Rosenzeit;
und davon, wenn wir mal gehen
in die Herrlichkeit.

So erklingt vom Herbst des Lebens
auch ein schönes Lied,
und ich schreib auf meiner Reise,
was im Herz mir glüht.
Hab die Liebe ja gelebet
und ich sag betont:
tragt sie weiter durch die Zeiten,
Liebe, Liebe lohnt!

Zum Dank

Für Rosen der Liebe,
fürs göttlich Geschick,
Familie und Kinder
und sonniges Glück.
Fürs Blümlein am Wege,
den herrlichen Tag;
Musik und für Lieder –
so ganz ohne Frag`.
Für Freundschaft und
Frohsinn stets offene Tür.
Die Liebe zum Leben –
ein Danke dafür!